Para Louane, que aún es muy pequeña,
pero lo suficientemente fuerte como para ahuyentar los monstruos.
CL

Para Tomas, Marie, Rémi, Hugo y Louis,
imis "monstruitos" preferidos!...
RG

Dentro de la misma colección:

¿CÓMO MACHACAR BRUJAS?

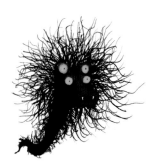

Titulo original: Comment ratatiner les monstres?
©2009, Éditions Glénat, por Catherine Leblanc y Roland Garrigue
©2015. De esta edición. Editorial Edaf. S. L. U. por acuerdo con Éditions Glénat, 37 rue Servan, 38000
Grenoble
    Jorge Juan, 68. 28009 Madrid
    www.edaf.net
    edaf@edaf.net

© De la traducción: Carlota Fossati Pineda
Maquetación: Diseño y Control Gráfico, S. L.

Depósito legal: M-13421-2015
ISBN: 978-84-414-3533-9

Imprime Cofás

¿Cómo machacar monstruos?

Catherine **LEBLANC**   Roland **GARRIGUE**

edaf

¿Cómo Machacar a Los Monstruos Grandes?

Al contrario de lo que piensas,
los monstruos grandes son
los más fáciles de machacar.

Los monstruos grandes no
corren muy deprisa, puedes
darles esquinazo fácilmente.

Los monstruos grandes
no son inteligentes.
Clava una flecha en el suelo,
que indique una dirección
equivocada y la seguirán
enseguida.

Los monstruos grandes no caben en cualquier sitio.
Si estrechas la puerta de tu cuarto, jamás podrán pasar.

Los monstruos grandes no saben que son horrendos.
Si alguno se te acerca, coge un espejo y pónselo a la altura de los ojos.
¡Se asustará enormemente al verse!

Es verdad que los monstruos grandes son impresionantes,
pero basta con encontrar una aguja de pino:
si les pinchas el pie, ¡pfffff! se desinflarán!

¡Cómo Machacar a Los Monstruos Pequeños?

Hay que tener muy buena vista para eliminar
los monstruos pequeños.
Se escabullen por todas partes.
Corretean por las paredes.
Vuelan delante de tus narices.
Se pasean por tu plato
y se deslizan entre tus sábanas.

Sin embargo, no vas a dejar de comer
para no tragarte uno...
Ni dejar de jugar para no respirar uno...
¡Ni dejar de dormir para que dejen de pasar entre
los dedos de tus pies!

Para deshacerte de los pequeños monstruos, atráelos
con una línea de azúcar que lleve hasta una cacerola.
Espera. Se acercarán en fila india, y entonces,
¡cierra rápidamente la tapa!
Podrás cocinarlos y hacer mermelada.

Los monstruos pequeños son muchísimos,
pero ridículamente débiles.
De hecho, no pueden hacer nada contra ti.

azúcar

Les encantaría tener una milésima parte de tu fuerza, y si los llamas «Ridiculitos», huirán volando.

¡¿Cómo Machacar a Los Monstruos medianos?!

Los monstruos medianos son los peores, ya que se disfrazan muy bien.
Se parecen a cualquiera.
No parece que sean monstruos y de repente, sin saber cómo, ¡te molestan!
Ignóralos para poder deshacerte de ellos.

A los monstruos medianos no les gusta nada de nada.
¡Quieren hacerse siempre los interesantes!
¡Haz como si fueran invisibles; estarán
tan ofendidos que terminarán por irse!

Si alguno no deja de molestarte,
cógelo por sorpresa y arráncale su disfraz.
Vale con coger solo un cacho
para que caiga completamente.
¡El monstruo, totalmente desnudo, se irá corriendo!

¿Cómo Machacar a Los Monstruos Raros?

Ya sean grandes, pequeños o medianos,
sigue habiendo trucos que debes saber
sobre los monstruos raros.

Los monstruos que babean
odian la mostaza.
Ponte un poco en la mejilla
y retrocederán, horrorizados.

A los monstruos que pican
no les entusiasma el pegamento.
Si lo esparces en el suelo, se quedarán
pegados, pataleando tontamente.

Los monstruos que gritan y lanzan chispas
no soportan ni la más mínima gota de agua.
Llena un vaso y riégalos;
chisporrotearán de muchos colores
y después se apagarán por completo.

Los monstruos que gruñen y que quieren devorar todo son alérgicos al confeti. Lánzales un montón: ¡toserán con tanta fuerza que escupirán todos sus dientes!

Los monstruos sin forma son los más difíciles
de combatir. No se les puede atrapar,
pero detestan las corrientes de aire.
¡Así que abre las ventanas de tu casa de par en par,
todas las puertas del colegio,
y se los llevará el viento!